Diogenes Taschenbuch 23489

Die schönsten Gedichte von Friedrich Schiller

Ausgewählt von Christian Strich

Diogenes

Die vorliegende Auswahl
erschien erstmals 1984 unter dem Titel
Freude, schöner Götterfunken
in der ›Krisenbibliothek der Weltliteratur‹
im Diogenes Verlag
sowie 2003 unter dem jetzigen Titel
in der Reihe ›Kleine Diogenes Taschenbücher‹
Umschlagillustration: Ludovike Simanowiz,
›Schiller, Charlotte Luise Antoinette von,
geb. Lengefeld‹, 1794

Veröffentlicht als Diogenes Taschenbuch, 2005

www.diogenes.ch
50/05/8/1
ISBN 3 257 23489 9

Nimmer, das glaubt mir, erscheinen die Götter,
Nimmer allein.
Kaum daß ich Bacchus den lustigen habe,
Kommt auch schon Amor, der lächelnde Knabe,
Phöbus der herrliche findet sich ein.
Sie nahen, sie kommen, die Himmlischen alle,
Mit Göttern erfüllt sich die irdische Halle.

FRIEDRICH SCHILLER,
AUS ›DITHYRAMBE‹

Das Mädchen aus der Fremde

In einem Tal bei armen Hirten
Erschien mit jedem jungen Jahr,
Sobald die ersten Lerchen schwirrten,
Ein Mädchen, schön und wunderbar.

Sie war nicht in dem Tal geboren,
Man wußte nicht, woher sie kam,
Und schnell war ihre Spur verloren,
Sobald das Mädchen Abschied nahm.

Beseligend war ihre Nähe,
Und alle Herzen wurden weit,
Doch eine Würde, eine Höhe
Entfernte die Vertraulichkeit.

Sie brachte Blumen mit und Früchte,
Gereift auf einer andern Flur,
In einem andern Sonnenlichte,
In einer glücklichern Natur.

Und teilte jedem eine Gabe,
Dem Früchte, jenem Blumen aus,
Der Jüngling und der Greis am Stabe,
Ein jeder ging beschenkt nach Haus.

Willkommen waren alle Gäste,
Doch nahte sich ein liebend Paar,
Dem reichte sie der Gaben beste,
Der Blumen allerschönste dar.

An die Freude

Freude, schöner Götterfunken,
Tochter aus Elysium,
Wir betreten feuertrunken,
Himmlische, dein Heiligtum.
Deine Zauber binden wieder,
Was die Mode streng geteilt,
Alle Menschen werden Brüder,
Wo dein sanfter Flügel weilt.
  Seid umschlungen, Millionen!
  Diesen Kuß der ganzen Welt!
  Brüder – überm Sternenzelt
  Muß ein lieber Vater wohnen.

Wem der große Wurf gelungen,
Eines Freundes Freund zu sein,
Wer ein holdes Weib errungen,
Mische seinen Jubel ein!
Ja – wer auch nur *eine* Seele
Sein nennt auf dem Erdenrund!
Und wer's nie gekonnt, der stehle
Weinend sich aus diesem Bund.
  Was den großen Ring bewohnet,
  Huldige der Sympathie!
  Zu den Sternen leitet sie,
  Wo der Unbekannte thronet.

Freude trinken alle Wesen
An den Brüsten der Natur,
Alle Guten, alle Bösen
Folgen ihrer Rosenspur.
Küsse gab sie uns und Reben,
Einen Freund, geprüft im Tod,
Wollust ward dem Wurm gegeben,
Und der Cherub steht vor Gott.
Ihr stürzt nieder, Millionen?
Ahnest du den Schöpfer, Welt?
Such ihn überm Sternenzelt!
Über Sternen muß er wohnen.

Freude heißt die starke Feder
In der ewigen Natur.
Freude, Freude treibt die Räder
In der großen Weltenuhr.
Blumen lockt sie aus den Keimen,
Sonnen aus dem Firmament,
Sphären rollt sie in den Räumen,
Die des Sehers Rohr nicht kennt.
Froh, wie seine Sonnen fliegen
Durch des Himmels prächtgen Plan,
Wandelt, Brüder, eure Bahn,
Freudig wie ein Held zum Siegen.

Aus der Wahrheit Feuerspiegel
Lächelt sie den Forscher an.
Zu der Tugend steilem Hügel
Leitet sie des Dulders Bahn.
Auf des Glaubens Sonnenberge
Sieht man ihre Fahnen wehn,
Durch den Riß gesprengter Särge
Sie im Chor der Engel stehn.
  Duldet mutig, Millionen!
  Duldet für die beßre Welt!
  Droben überm Sternenzelt
  Wird ein großer Gott belohnen.

Göttern kann man nicht vergelten,
Schön ist's, ihnen gleich zu sein.
Gram und Armut soll sich melden,
Mit den Frohen sich erfreun.
Groll und Rache sei vergessen,
Unserm Todfeind sei verziehn,
Keine Träne soll ihn pressen,
Keine Reue nage ihn.
  Unser Schuldbuch sei vernichtet!
  Ausgesöhnt die ganze Welt!
  Brüder – überm Sternenzelt
  Richtet Gott, wie wir gerichtet.

Freude sprudelt in Pokalen,
In der Traube goldnem Blut
Trinken Sanftmut Kannibalen,
Die Verzweiflung Heldenmut.
Brüder, fliegt von euren Sitzen,
Wenn der volle Römer kreist,
Laßt den Schaum zum Himmel spritzen:
Dieses Glas dem guten Geist!
  Den der Sterne Wirbel loben,
  Den des Seraphs Hymne preist,
  Dieses Glas dem guten Geist
  Überm Sternenzelt dort oben!

Festen Mut in schweren Leiden,
Hilfe, wo die Unschuld weint,
Ewigkeit geschwornen Eiden,
Wahrheit gegen Freund und Feind,
Männerstolz vor Königsthronen –
Brüder, gält es Gut und Blut:
Dem Verdienste seine Kronen,
Untergang der Lügenbrut!
  Schließt den heilgen Zirkel dichter,
  Schwört bei diesem goldnen Wein.
  Dem Gelübde treu zu sein,
  Schwört es bei dem Sternenrichter!

Das Geheimnis

Sie konnte mir kein Wörtchen sagen,
Zu viele Lauscher waren wach,
Den Blick nur durft ich schüchtern fragen,
Und wohl verstand ich, was er sprach.
Leis komm ich her in deine Stille,
Du schön belaubtes Buchenzelt,
Verbirg in deiner grünen Hülle
Die Liebenden dem Aug der Welt!

Von ferne mit verworrnem Sausen
Arbeitet der geschäftge Tag,
Und durch der Stimmen hohles Brausen
Erkenn ich schwerer Hämmer Schlag.
So sauer ringt die kargen Lose
Der Mensch dem harten Himmel ab,
Doch leicht erworben, aus dem Schoße
Der Götter fällt das Glück herab.

Daß ja die Menschen nie es hören,
Wie treue Lieb uns still beglückt!
Sie können nur die Freude stören,
Weil Freude nie sie selbst entzückt.
Die Welt wird nie das Glück erlauben,
Als Beute wird es nur gehascht,

Entwenden mußt du's oder rauben,
Eh dich die Mißgunst überrascht.

Leis auf den Zehen kommt's geschlichen,
Die Stille liebt es und die Nacht,
Mit schnellen Füßen ist's entwichen,
Wo des Verräters Auge wacht.
O schlinge dich, du sanfte Quelle,
Ein breiter Strom um uns herum,
Und drohend mit empörter Welle
Verteidige dies Heiligtum!

Thekla

Eine Geisterstimme

Wo ich sei, und wo mich hingewendet,
Als mein flüchtger Schatte dir entschwebt?
Hab ich nicht beschlossen und geendet,
Hab ich nicht geliebet und gelebt?

Willst du nach den Nachtigallen fragen,
Die mit seelenvoller Melodie
Dich entzückten in des Lenzes Tagen?
Nur so lang sie liebten, waren sie.

Ob ich den Verlorenen gefunden?
Glaube mir, ich bin mit ihm vereint,
Wo sich nicht mehr trennt, was sich verbunden,
Dort, wo keine Träne wird geweint.

Dorten wirst auch du uns wiederfinden,
Wenn dein Lieben unserm Lieben gleicht;
Dort ist auch der Vater, frei von Sünden,
Den der blutge Mord nicht mehr erreicht.

Und er fühlt, daß ihn kein Wahn betrogen,
Als er aufwärts zu den Sternen sah;
Denn wie jeder wägt, wird ihm gewogen,
Wer es glaubt, dem ist das Heilge nah.

Wort gehalten wird in jenen Räumen
Jedem schönen gläubigen Gefühl;
Wage du, zu irren und zu träumen:
Hoher Sinn liegt oft in kindschem Spiel.

Des Mädchens Klage

Der Eichwald brauset, die Wolken ziehn,
Das Mägdlein sitzet an Ufers Grün,
Es bricht sich die Welle mit Macht, mit Macht,
Und sie seufzt hinaus in die finstre Nacht,
Das Auge vom Weinen getrübet.

»Das Herz ist gestorben, die Welt ist leer,
Und weiter gibt sie dem Wunsche nichts mehr.
Du Heilige, rufe dein Kind zurück,
Ich habe genossen das irdische Glück,
Ich habe gelebt und geliebet!«

Es rinnet der Tränen vergeblicher Lauf,
Die Klage, sie wecket die Toten nicht auf;
Doch nenne, was tröstet und heilet die Brust
Nach der süßen Liebe verschwundener Lust,
Ich, die Himmlische, will's nicht versagen.

»Laß rinnen der Tränen vergeblichen Lauf,
Es wecke die Klage den Toten nicht auf!
Das süßeste Glück für die trauernde Brust,
Nach der schönen Liebe verschwundener Lust,
Sind der Liebe Schmerzen und Klagen.«

Würde der Frauen

Ehret die Frauen! Sie flechten und weben
Himmlische Rosen ins irdische Leben,
Flechten der Liebe beglückendes Band,
Und in der Grazie züchtigem Schleier
Nähren sie wachsam das ewige Feuer
Schöner Gefühle mit heiliger Hand.

Ewig aus der Wahrheit Schranken
Schweift des Mannes wilde Kraft,
Unstet treiben die Gedanken
Auf dem Meer der Leidenschaft.
Gierig greift er in die Ferne,
Nimmer wird sein Herz gestillt,
Rastlos durch entlegne Sterne
Jagt er seines Traumes Bild.

Aber mit zauberisch fesselndem Blicke
Winken die Frauen den Flüchtling zurücke,
Warnend zurück in der Gegenwart Spur.
In der Mutter bescheidener Hütte
Sind sie geblieben mit schamhafter Sitte,
Treue Töchter der frommen Natur.

Feindlich ist des Mannes Streben,
Mit zermalmender Gewalt

Geht der wilde durch das Leben,
Ohne Rast und Aufenthalt.
Was er schuf, zerstört er wieder,
Nimmer ruht der Wünsche Streit,
Nimmer, wie das Haupt der Hyder
Ewig fällt und sich erneut.

Aber, zufrieden mit stillerem Ruhme,
Brechen die Frauen des Augenblicks Blume,
Nähren sie sorgsam mit liebendem Fleiß,
Freier in ihrem gebundenen Wirken,
Reicher als er in des Wissens Bezirken
Und in der Dichtung unendlichem Kreis.

Streng und stolz sich selbst genügend,
Kennt des Mannes kalte Brust,
Herzlich an ein Herz sich schmiegend,
Nicht der Liebe Götterlust,
Kennet nicht den Tausch der Seelen,
Nicht in Tränen schmilzt er hin,
Selbst des Lebens Kämpfe stählen
Härter seinen harten Sinn.

Aber, wie leise vom Zephyr erschüttert
Schnell die äolische Harfe erzittert,
Also die fühlende Seele der Frau.
Zärtlich geängstigt vom Bilde der Qualen,

Wallet der liebende Busen, es strahlen
Perlend die Augen von himmlischem Tau.

In der Männer Herrschgebiete
Gilt der Stärke trotzig Recht,
Mit dem Schwert beweist der Skythe,
Und der Perser wird zum Knecht.
Es befehden sich im Grimme
Die Begierden wild und roh,
Und der Eris rauhe Stimme
Waltet, wo die Charis floh.

Aber mit sanft überredender Bitte
Führen die Frauen den Zepter der Sitte,
Löschen die Zwietracht, die tobend entglüht,
Lehren die Kräfte, die feindlich sich hassen,
Sich in der lieblichen Form zu umfassen,
Und vereinen, was ewig sich flieht.

Reiterlied

Wohlauf, Kameraden, aufs Pferd, aufs Pferd!
  Ins Feld, in die Freiheit gezogen!
Im Felde, da ist der Mann noch was wert,
  Da wird das Herz noch gewogen.
Da tritt kein anderer für ihn ein,
Auf sich selber steht er da ganz allein.

Aus der Welt die Freiheit verschwunden ist,
  Man sieht nur Herren und Knechte,
Die Falschheit herrschet, die Hinterlist
  Bei dem feigen Menschengeschlechte.
Der dem Tod ins Angesicht schauen kann,
Der Soldat allein ist der freie Mann.

Des Lebens Ängsten, er wirft sie weg,
  Hat nicht mehr zu fürchten, zu sorgen,
Er reitet dem Schicksal entgegen keck,
  Trifft's heute nicht, trifft es doch morgen.
Und trifft es morgen, so lasset uns heut
Noch schlürfen die Neige der köstlichen Zeit.

Von dem Himmel fällt ihm sein lustig Los,
  Braucht's nicht mit Müh zu erstreben,
Der Fröner, der sucht in der Erde Schoß,
  Da meint er den Schatz zu erheben.

Er gräbt und schaufelt, so lang er lebt,
Und gräbt, bis er endlich sein Grab sich gräbt.

Der Reiter und sein geschwindes Roß,
Sie sind gefürchtete Gäste,
Es flimmern die Lampen im Hochzeitschloß,
Ungeladen kommt er zum Feste.
Er wirbt nicht lange, er zeiget nicht Gold,
Im Sturm erringt er den Minnesold.

Warum weint die Dirn und zergrämet sich
schier?
Laß fahren dahin, laß fahren!
Er hat auf Erden kein bleibend Quartier,
Kann treue Lieb nicht bewahren.
Das rasche Schicksal, es treibt ihn fort,
Seine Ruhe läßt er an keinem Ort.

Drum frisch, Kameraden, den Rappen gezäumt,
Die Brust im Gefechte gelüftet!
Die Jugend brauset, das Leben schäumt,
Frisch auf, eh der Geist noch verdüftet!
Und setzet ihr nicht das Leben ein,
Nie wird euch das Leben gewonnen sein.

Der Jüngling am Bache

An der Quelle saß der Knabe,
  Blumen wand er sich zum Kranz,
Und er sah sie fortgerissen,
  Treiben in der Wellen Tanz: –
Und so fliehen meine Tage
  Wie die Quelle rastlos hin!
Und so bleichet meine Jugend,
  Wie die Kränze schnell verblühn.

Fraget nicht, warum ich traure
  In des Lebens Blütenzeit!
Alles freuet sich und hoffet,
  Wenn der Frühling sich erneut.
Aber diese tausend Stimmen
  Der erwachenden Natur
Wecken in dem tiefen Busen
  Mir den schweren Kummer nur.

Was soll mir die Freude frommen,
  Die der schöne Lenz mir beut?
Eine nur ist's, die ich suche,
  Sie ist nah und ewig weit.
Sehnend breit ich meine Arme
  Nach dem teuren Schattenbild,

Ach, ich kann es nicht erreichen,
  Und das Herz bleibt ungestillt!

Komm herab, du schöne Holde,
  Und verlaß dein stolzes Schloß!
Blumen, die der Lenz geboren,
  Streu ich dir in deinen Schoß.
Horch, der Hain erschallt von Liedern,
  Und die Quelle rieselt klar!
Raum ist in der kleinsten Hütte
  Für ein glücklich liebend Paar.

Das Lied von der Glocke

Vivos voco
Mortuos plango
Fulgura frango

Fest gemauert in der Erden
Steht die Form, aus Lehm gebrannt.
Heute muß die Glocke werden!
Frisch, Gesellen, seid zur Hand!
Von der Stirne heiß
Rinnen muß der Schweiß,
Soll das Werk den Meister loben;
Doch der Segen kommt von oben.

Zum Werke, das wir ernst bereiten,
Geziemt sich wohl ein ernstes Wort;
Wenn gute Reden sie begleiten,
Dann fließt die Arbeit munter fort.
So laßt uns jetzt mit Fleiß betrachten,
Was durch die schwache Kraft entspringt:
Den schlechten Mann muß man verachten,
Der nie bedacht, was er vollbringt.
Das ist's ja, was den Menschen zieret,
Und dazu ward ihm der Verstand,
Daß er im innern Herzen spüret,
Was er erschafft mit seiner Hand.

Nehmet Holz vom Fichtenstamme,
Doch recht trocken laßt es sein,
Daß die eingepreßte Flamme
Schlage zu dem Schwalch hinein!
  Kocht des Kupfers Brei,
  Schnell das Zinn herbei!
Daß die zähe Glockenspeise
Fließe nach der rechten Weise!

Was in des Dammes tiefer Grube
Die Hand mit Feuers Hilfe baut,
Hoch auf des Turmes Glockenstube,
Da wird es von uns zeugen laut.
Noch dauern wird's in späten Tagen
Und rühren vieler Menschen Ohr
Und wird mit dem Betrübten klagen
Und stimmen zu der Andacht Chor.
Was unten tief dem Erdensohne
Das wechselnde Verhängnis bringt,
Das schlägt an die metallne Krone,
Die es erbaulich weiterklingt.

Weiße Blasen seh ich springen,
Wohl! die Massen sind im Fluß.
Laßt's mit Aschensalz durchdringen,
Das befördert schnell den Guß.

Auch von Schaume rein
Muß die Mischung sein,
Daß vom reinlichen Metalle
Rein und voll die Stimme schalle.

Denn mit der Freude Feierklange
Begrüßt sie das geliebte Kind
Auf seines Lebens erstem Gange,
Den es in Schlafes Arm beginnt;
Ihm ruhen noch im Zeitenschoße
Die schwarzen und die heitern Lose,
Der Mutterliebe zarte Sorgen
Bewachen seinen goldnen Morgen. –
Die Jahre fliehen pfeilgeschwind.
Vom Mädchen reißt sich stolz der Knabe,
Er stürmt ins Leben wild hinaus,
Durchmißt die Welt am Wanderstabe.
Fremd kehrt er heim ins Vaterhaus,
Und herrlich, in der Jugend Prangen,
Wie ein Gebild aus Himmels Höhn,
Mit züchtigen, verschämten Wangen
Sieht er die Jungfrau vor sich stehn.
Da faßt ein namenloses Sehnen
Des Jünglings Herz, er irrt allein,
Aus seinen Augen brechen Tränen,
Er flieht der Brüder wilden Reihn.
Errötend folgt er ihren Spuren

Und ist von ihrem Gruß beglückt,
Das Schönste sucht er auf den Fluren,
Womit er seine Liebe schmückt.
O zarte Sehnsucht, süßes Hoffen,
Der ersten Liebe goldne Zeit!
Das Auge sieht den Himmel offen,
Es schwelgt das Herz in Seligkeit –
O daß sie ewig grünen bliebe,
Die schöne Zeit der jungen Liebe!

  Wie sich schon die Pfeifen bräunen!
  Dieses Stäbchen tauch ich ein:
  Sehn wir's überglast erscheinen,
  Wird's zum Gusse zeitig sein.
    Jetzt, Gesellen, frisch!
    Prüft mir das Gemisch,
  Ob das Spröde mit dem Weichen
  Sich vereint zum guten Zeichen.

Denn wo das Strenge mit dem Zarten,
Wo Starkes sich und Mildes paarten,
Da gibt es einen guten Klang.
Drum prüfe, wer sich ewig bindet,
Ob sich das Herz zum Herzen findet!
Der Wahn ist kurz, die Reu ist lang. –
Lieblich in der Bräute Locken
Spielt der jungfräuliche Kranz,

Wenn die hellen Kirchenglocken
Laden zu des Festes Glanz.
Ach! des Lebens schönste Feier
Endigt auch den Lebensmai,
Mit dem Gürtel, mit dem Schleier
Reißt der schöne Wahn entzwei.
Die Leidenschaft flieht,
Die Liebe muß bleiben;
Die Blume verblüht,
Die Frucht muß treiben.
Der Mann muß hinaus
Ins feindliche Leben,
Muß wirken und streben
Und pflanzen und schaffen,
Erlisten, erraffen,
Muß wetten und wagen,
Das Glück zu erjagen.
Da strömet herbei die unendliche Gabe,
Es füllt sich der Speicher mit köstlicher Habe,
Die Räume wachsen, es dehnt sich das Haus.
Und drinnen waltet
Die züchtige Hausfrau,
Die Mutter der Kinder,
Und herrschet weise
Im häuslichen Kreise,
Und lehret die Mädchen
Und wehret den Knaben,

Und reget ohn Ende
Die fleißigen Hände,
Und mehrt den Gewinn
Mit ordnendem Sinn,
Und füllet mit Schätzen die duftenden Laden,
Und dreht um die schnurrende Spindel den
Faden,
Und sammelt im reinlich geglätteten Schrein
Die schimmernde Wolle, den schneeigten Lein,
Und füget zum Guten den Glanz und den
Schimmer,
Und ruhet nimmer.

Und der Vater mit frohem Blick
Von des Hauses weitschauendem Giebel
Überzählet sein blühend Glück,
Siehet der Pfosten ragende Bäume
Und der Scheunen gefüllte Räume
Und die Speicher, vom Segen gebogen,
Und des Kornes bewegte Wogen,
Rühmt sich mit stolzem Mund:
Fest, wie der Erde Grund,
Gegen des Unglücks Macht
Steht mir des Hauses Pracht! –
Doch mit des Geschickes Mächten
Ist kein ewger Bund zu flechten,
Und das Unglück schreitet schnell.

Wohl! nun kann der Guß beginnen,
Schön gezacket ist der Bruch.
Doch, bevor wir's lassen rinnen,
Betet einen frommen Spruch.
  Stoßt den Zapfen aus!
  Gott bewahr das Haus!
Rauchend in des Henkels Bogen
Schießt's mit feuerbraunen Wogen.

Wohltätig ist des Feuers Macht,
Wenn sie der Mensch bezähmt, bewacht,
Und was er bildet, was er schafft,
Das dankt er dieser Himmelskraft;
Doch furchtbar wird die Himmelskraft,
Wenn sie der Fessel sich entrafft,
Einhertritt auf der eignen Spur
Die freie Tochter der Natur.
Wehe, wenn sie losgelassen,
Wachsend ohne Widerstand
Durch die volkbelebten Gassen
Wälzt den ungeheuren Brand!
Denn die Elemente hassen
Das Gebild der Menschenhand.
Aus der Wolke
Quillt der Segen,
Strömt der Regen;
Aus der Wolke, ohne Wahl,

Zuckt der Strahl!
Hört ihr's wimmern hoch vom Turm!
Das ist Sturm!
Rot wie Blut
Ist der Himmel,
Das ist nicht des Tages Glut!
Welch Getümmel
Straßen auf!
Dampf wallt auf!
Flackernd steigt die Feuersäule,
Durch der Straße lange Zeile
Wächst es fort mit Windeseile,
Kochend wie aus Ofens Rachen
Glühn die Lüfte, Balken krachen,
Pfosten stürzen, Fenster klirren,
Kinder jammern, Mütter irren,
Tiere wimmern
Unter Trümmern,
Alles rennet, rettet, flüchtet,
Taghell ist die Nacht gelichtet.
Durch der Hände lange Kette
Um die Wette
Fliegt der Eimer, hoch im Bogen
Spritzen Quellen, Wasserwogen.
Heulend kommt der Sturm geflogen,
Der die Flamme brausend sucht.
Prasselnd in die dürre Frucht

Fällt sie, in des Speichers Räume,
In der Sparren dürre Bäume,
Und als wollte sie im Wehen
Mit sich fort der Erde Wucht
Reißen in gewaltger Flucht,
Wächst sie in des Himmels Höhen
Riesengroß! –
Hoffnungslos
Weicht der Mensch der Götterstärke,
Müßig sieht er seine Werke
Und bewundernd untergehen.
Leergebrannt
Ist die Stätte,
Wilder Stürme rauhes Bette;
In den öden Fensterhöhlen
Wohnt das Grauen,
Und des Himmels Wolken schauen
Hoch hinein.
Einen Blick
Nach dem Grabe
Seiner Habe
Sendet noch der Mensch zurück –
Greift fröhlich dann zum Wanderstabe.
Was Feuers Wut ihm auch geraubt,
Ein süßer Trost ist ihm geblieben:
Er zählt die Häupter seiner Lieben,
Und sieh! ihm fehlt kein teures Haupt.

In die Erd ist's aufgenommen,
Glücklich ist die Form gefüllt;
Wird's auch schön zutage kommen,
Daß es Fleiß und Kunst vergilt?
  Wenn der Guß mißlang?
  Wenn die Form zersprang?
Ach! vielleicht, indem wir hoffen,
Hat uns Unheil schon getroffen.

Dem dunkeln Schoß der heilgen Erde
Vertrauen wir der Hände Tat,
Vertraut der Sämann seine Saat
Und hofft, daß sie entkeimen werde
Zum Segen, nach des Himmels Rat.
Noch köstlicheren Samen bergen
Wir trauernd in der Erde Schoß
Und hoffen, daß er aus den Särgen
Erblühen soll zu schönerm Los.

Von dem Dome,
Schwer und bang,
Tönt die Glocke
Grabgesang.
Ernst begleiten ihre Trauerschläge
Einen Wandrer auf dem letzten Wege.

Ach! die Gattin ist's, die teure,
Ach! es ist die treue Mutter,
Die der schwarze Fürst der Schatten
Wegführt aus dem Arm des Gatten,
Aus der zarten Kinder Schar,
Die sie blühend ihm gebar,
Die sie an der treuen Brust
Wachsen sah mit Mutterlust –
Ach! des Hauses zarte Bande
Sind gelöst auf immerdar,
Denn sie wohnt im Schattenlande,
Die des Hauses Mutter war,
Denn es fehlt ihr treues Walten,
Ihre Sorge wacht nicht mehr,
An verwaister Stätte schalten
Wird die Fremde, liebeleer.

Bis die Glocke sich verkühlet,
Laßt die strenge Arbeit ruhn;
Wie im Laub der Vogel spielet,
Mag sich jeder gütlich tun.
Winkt der Sterne Licht,
Ledig aller Pflicht
Hört der Pursch die Vesper schlagen,
Meister muß sich immer plagen.

Munter fördert seine Schritte
Fern im wilden Forst der Wandrer
Nach der lieben Heimathütte.
Blökend ziehen heim die Schafe,
Und der Rinder
Breitgestirnte, glatte Scharen
Kommen brüllend,
Die gewohnten Ställe füllend.
Schwer herein
Schwankt der Wagen,
Kornbeladen;
Bunt von Farben
Auf den Garben
Liegt der Kranz,
Und das junge Volk der Schnitter
Fliegt zum Tanz.
Markt und Straße werden stiller,
Um des Lichts gesellge Flamme
Sammeln sich die Hausbewohner,
Und das Stadttor schließt sich knarrend.
Schwarz bedecket
Sich die Erde,
Doch den sichern Bürger schrecket
Nicht die Nacht,
Die den Bösen gräßlich wecket,
Denn das Auge des Gesetzes wacht.

Heilge Ordnung, segenreiche
Himmelstochter, die das Gleiche
Frei und leicht und freudig bindet,
Die der Städte Bau gegründet,
Die herein von den Gefilden
Rief den ungesellgen Wilden,
Eintrat in der Menschen Hütten,
Sie gewöhnt zu sanften Sitten
Und das teuerste der Bande
Wob, den Trieb zum Vaterlande!

Tausend fleißge Hände regen,
Helfen sich in munterm Bund,
Und in feurigem Bewegen
Werden alle Kräfte kund.
Meister rührt sich und Geselle
In der Freiheit heilgem Schutz,
Jeder freut sich seiner Stelle,
Bietet dem Verächter Trutz.
Arbeit ist des Bürgers Zierde,
Segen ist der Mühe Preis;
Ehrt den König seine Würde,
Ehret uns der Hände Fleiß.

Holder Friede,
Süße Eintracht,
Weilet, weilet

Freundlich über dieser Stadt!
Möge nie der Tag erscheinen,
Wo des rauhen Krieges Horden
Dieses stille Tal durchtoben,
Wo der Himmel,
Den des Abends sanfte Röte
Lieblich malt,
Von der Dörfer, von der Städte
Wildem Brande schrecklich strahlt!

Nun zerbrecht mir das Gebäude,
Seine Absicht hat's erfüllt,
Daß sich Herz und Auge weide
An dem wohlgelungnen Bild.
Schwingt den Hammer, schwingt,
Bis der Mantel springt!
Wenn die Glock' soll auferstehen,
Muß die Form in Stücken gehen.

Der Meister kann die Form zerbrechen
Mit weiser Hand, zur rechten Zeit,
Doch wehe, wenn in Flammenbächen
Das glühnde Erz sich selbst befreit!
Blindwütend, mit des Donners Krachen,
Zersprengt es das geborstne Haus,
Und wie aus offnem Höllenrachen
Speit es Verderben zündend aus.

Wo rohe Kräfte sinnlos walten,
Da kann sich kein Gebild gestalten;
Wenn sich die Völker selbst befrein,
Da kann die Wohlfahrt nicht gedeihn.
Weh, wenn sich in dem Schoß der Städte
Der Feuerzunder still gehäuft,
Das Volk, zerreißend seine Kette,
Zur Eigenhilfe schrecklich greift!
Da zerret an der Glocke Strängen
Der Aufruhr, daß sie heulend schallt
Und, nur geweiht zu Friedensklängen,
Die Losung anstimmt zur Gewalt.

Freiheit und Gleichheit! hört man schallen,
Der ruhge Bürger greift zur Wehr,
Die Straßen füllen sich, die Hallen,
Und Würgerbanden ziehn umher;
Da werden Weiber zu Hyänen
Und treiben mit Entsetzen Scherz,
Noch zuckend, mit des Panthers Zähnen,
Zerreißen sie des Feindes Herz.
Nichts Heiliges ist mehr, es lösen
Sich alle Bande frommer Scheu,
Der Gute räumt den Platz dem Bösen,
Und alle Laster walten frei.
Gefährlich ist's, den Leu zu wecken,
Verderblich ist des Tigers Zahn,

Jedoch der schrecklichste der Schrecken,
Das ist der Mensch in seinem Wahn.
Weh denen, die dem Ewigblinden
Des Lichtes Himmelsfackel leihn!
Sie strahlt ihm nicht, sie kann nur zünden
und äschert Städt und Länder ein.

Freude hat mir Gott gegeben!
Sehet! wie ein goldner Stern
Aus der Hülse, blank und eben,
Schält sich der metallne Kern.
Von dem Helm zum Kranz
Spielt's wie Sonnenglanz,
Auch des Wappens nette Schilder
Loben den erfahrnen Bilder.

Herein! herein!
Gesellen alle, schließt den Reihen,
Daß wir die Glocke taufend weihen!
Concordia soll ihr Name sein.
Zur Eintracht, zu herzinnigem Vereine
Versammle sie die liebende Gemeine.

Und dies sei fortan ihr Beruf,
Wozu der Meister sie erschuf:
Hoch überm niedern Erdenleben
Soll sie in blauem Himmelszelt

Die Nachbarin des Donners schweben
Und grenzen an die Sternenwelt,
Soll eine Stimme sein von oben,
Wie der Gestirne helle Schar,
Die ihren Schöpfer wandelnd loben
Und führen das bekränzte Jahr.
Nur ewigen und ernsten Dingen
Sei ihr metallner Mund geweiht,
Und stündlich mit den schnellen Schwingen
Berühr im Fluge sie die Zeit;
Dem Schicksal leihe sie die Zunge,
Selbst herzlos, ohne Mitgefühl,
Begleite sie mit ihrem Schwunge
Des Lebens wechselvolles Spiel.
Und wie der Klang im Ohr vergehet,
Der mächtig tönend ihr entschallt,
So lehre sie, daß nichts bestehet,
Daß alles Irdische verhallt.

Jetzo mit der Kraft des Stranges
Wiegt die Glock' mir aus der Gruft,
Daß sie in das Reich des Klanges
Steige, in die Himmelsluft.
Ziehet, ziehet, hebt!
Sie bewegt sich, schwebt.
Freude dieser Stadt bedeute,
Friede sei ihr erst Geläute.

Der Ring des Polykrates

Er stand auf seines Daches Zinnen,
Er schaute mit vergnügten Sinnen
Auf das beherrschte Samos hin.
»Dies alles ist mir untertänig«,
Begann er zu Ägyptens König,
»Gestehe, daß ich glücklich bin.«

»Du hast der Götter Gunst erfahren!
Die vormals deinesgleichen waren,
Sie zwingt jetzt deines Zepters Macht.
Doch einer lebt noch, sie zu rächen,
Dich kann mein Mund nicht glücklich
sprechen,
So lang des Feindes Auge wacht.«

Und eh' der König noch geendet,
Da stellt sich, von Milet gesendet,
Ein Bote dem Tyrannen dar:
»Laß, Herr, des Opfers Düfte steigen,
Und mit des Lorbeers muntern Zweigen
Bekränze dir dein festlich Haar.

Getroffen sank dein Feind vom Speere,
Mich sendet mit der frohen Märe
Dein treuer Feldherr Polydor –«

Und nimmt aus einem schwarzen Becken,
Noch blutig, zu der beiden Schrecken,
Ein wohlbekanntes Haupt hervor.

Der König tritt zurück mit Grauen:
»Doch warn ich dich, dem Glück zu trauen«,
Versetzt er mit besorgtem Blick.
»Bedenk, auf ungetreuen Wellen,
Wie leicht kann sie der Sturm zerschellen,
Schwimmt deiner Flotte zweifelnd Glück.«

Und eh er noch das Wort gesprochen,
Hat ihn der Jubel unterbrochen,
Der von der Reede jauchzend schallt.
Mit fremden Schätzen reich beladen,
Kehrt zu den heimischen Gestaden
Der Schiffe mastenreicher Wald.

Der königliche Gast erstaunet:
»Dein Glück ist heute gut gelaunet,
Doch fürchte seinen Unbestand.
Der Kreter waffenkundge Scharen
Bedräuen dich mit Kriegsgefahren,
Schon nahe sind sie diesem Strand.«

Und eh' ihm noch das Wort entfallen,
Da sieht man's von den Schiffen wallen,

Und tausend Stimmen rufen: »Sieg!
Von Feindesnot sind wir befreiet,
Die Kreter hat der Sturm zerstreuet,
Vorbei, geendet ist der Krieg!«

Das hört der Gastfreund mit Entsetzen:
»Fürwahr, ich muß dich glücklich schätzen,
Doch«, spricht er, »zittr' ich für dein Heil.
Mir grauet vor der Götter Neide:
Des Lebens ungemischte Freude
Ward keinem Irdischen zuteil.

Auch mir ist alles wohl geraten,
Bei allen meinen Herrschertaten
Begleitet mich des Himmels Huld;
Doch hatt ich einen teuren Erben,
Den nahm mir Gott, ich sah ihn sterben,
Dem Glück bezahlt ich meine Schuld.

Drum, willst du dich vor Leid bewahren,
So flehe zu den Unsichtbaren,
Daß sie zum Glück den Schmerz verleihn.
Noch keinen sah ich fröhlich enden,
Auf den mit immer vollen Händen
Die Götter ihre Gaben streun.

Und wenn's die Götter nicht gewähren,
So acht auf eines Freundes Lehren
Und rufe selbst das Unglück her,
Und was von allen deinen Schätzen
Dein Herz am höchsten mag ergetzen,
Das nimm und wirf's in dieses Meer.«

Und jener spricht, von Furcht beweget:
»Von allem, was die Insel heget,
Ist dieser Ring mein höchstes Gut.
Ihn will ich den Erinnyen weihen,
Ob sie mein Glück mir dann verzeihen –«
Und wirft das Kleinod in die Flut.

Und bei des nächsten Morgens Lichte,
Da tritt mit fröhlichem Gesichte
Ein Fischer vor den Fürsten hin:
»Herr, diesen Fisch hab' ich gefangen,
Wie keiner noch ins Netz gegangen,
Dir zum Geschenke bring ich ihn.«

Und als der Koch den Fisch zerteilet,
Kommt er bestürzt herbeigeeilet
Und ruft mit hocherstauntem Blick:
»Sieh, Herr, den Ring, den du getragen,
Ihn fand ich in des Fisches Magen,
O ohne Grenzen ist dein Glück!«

Hier wendet sich der Gast mit Grausen:
»So kann ich hier nicht ferner hausen,
Mein Freund kannst du nicht weiter sein.
Die Götter wollen dein Verderben –
Fort eil ich, nicht mit dir zu sterben.«
Und sprach's und schiffte schnell sich ein.

Die Kraniche des Ibykus

Zum Kampf der Wagen und Gesänge,
Der auf Korinthus' Landesenge
Der Griechen Stämme froh vereint,
Zog Ibykus, der Götterfreund.
Ihm schenkte des Gesanges Gabe,
Der Lieder süßen Mund Apoll;
So wandert' er, an leichtem Stabe,
Aus Rhegium, des Gottes voll.

Schon winkt auf hohem Bergesrücken
Akrokorinth des Wandrers Blicken,
Und in Poseidons Fichtenhain
Tritt er mit frommem Schauder ein.
Nichts regt sich um ihn her, nur Schwärme
Von Kranichen begleiten ihn,
Die fernhin nach des Südens Wärme
In graulichtem Geschwader ziehn.

»Seid mir gegrüßt, befreundte Scharen,
Die mir zur See Begleiter waren!
Zum guten Zeichen nehm ich euch,
Mein Los, es ist dem euren gleich:
Von fern her kommen wir gezogen
Und flehen um ein wirtlich Dach.

Sei uns der Gastliche gewogen,
Der von dem Fremdling wehrt die Schmach!«

Und munter fördert er die Schritte
Und sieht sich in des Waldes Mitte –
Da sperren, auf gedrangem Steg,
Zwei Mörder plötzlich seinen Weg.
Zum Kampfe muß er sich bereiten,
Doch bald ermattet sinkt die Hand,
Sie hat der Leier zarte Saiten,
Doch nie des Bogens Kraft gespannt.

Er ruft die Menschen an, die Götter,
Sein Flehen dringt zu keinem Retter,
Wie weit er auch die Stimme schickt,
Nichts Lebendes wird hier erblickt.
»So muß ich hier verlassen sterben,
Auf fremdem Boden, unbeweint,
Durch böser Buben Hand verderben,
Wo auch kein Rächer mir erscheint!«

Und schwer getroffen sinkt er nieder,
Da rauscht der Kraniche Gefieder,
Er hört, schon kann er nicht mehr sehn,
Die nahen Stimmen furchtbar krähn.
»Von euch, ihr Kraniche dort oben,
Wenn keine andre Stimme spricht,

Sei meines Mordes Klag erhoben!«
Er ruft es, und sein Auge bricht.

Der nackte Leichnam wird gefunden,
Und bald, obgleich entstellt von Wunden,
Erkennt der Gastfreund in Korinth
Die Züge, die ihm teuer sind.
»Und muß ich so dich wiederfinden,
Und hoffte mit der Fichte Kranz
Des Sängers Schläfe zu umwinden,
Bestrahlt von seines Ruhmes Glanz!«

Und jammernd hören's alle Gäste,
Versammelt bei Poseidons Feste,
Ganz Griechenland ergreift der Schmerz,
Verloren hat ihn jedes Herz;
Und stürmend drängt sich zum Prytanen
Das Volk, es fordert seine Wut,
Zu rächen des Erschlagnen Manen,
Zu sühnen mit des Mörders Blut.

Doch wo die Spur, die aus der Menge,
Der Völker flutendem Gedränge,
Gelocket von der Spiele Pracht,
Den schwarzen Täter kenntlich macht?
Sind's Räuber, die ihn feig erschlagen?
Tat's neidisch ein verborgner Feind?

Nur Helios vermag's zu sagen,
Der alles Irdische bescheint.

Er geht vielleicht mit frechem Schritte
Jetzt eben durch der Griechen Mitte,
Und während ihn die Rache sucht,
Genießt er seines Frevels Frucht;
Auf ihres eignen Tempels Schwelle
Trotzt er vielleicht den Göttern, mengt
Sich dreist in jene Menschenwelle,
Die dort sich zum Theater drängt.

Denn Bank an Bank gedränget sitzen,
Es brechen fast der Bühne Stützen,
Herbeigeströmt von fern und nah,
Der Griechen Völker wartend da;
Dumpfbrausend wie des Meeres Wogen,
Von Menschen wimmelnd, wächst der Bau
In weiter stets geschweiftem Bogen
Hinauf bis in des Himmels Blau.

Wer zählt die Völker, nennt die Namen,
Die gastlich hier zusammenkamen?
Von Kekrops' Stadt, von Aulis' Strand,
Von Phokis, vom Spartanerland,
Von Asiens entlegner Küste,
Von allen Inseln kamen sie

Und horchen von dem Schaugerüste
Des Chores grauser Melodie,

Der streng und ernst, nach alter Sitte,
Mit langsam abgemeßnem Schritte
Hervortritt aus dem Hintergrund,
Umwandelnd des Theaters Rund.
So schreiten keine irdschen Weiber,
Die zeugete kein sterblich Haus!
Es steigt das Riesenmaß der Leiber
Hoch über menschliches hinaus.

Ein schwarzer Mantel schlägt die Lenden,
Sie schwingen in entfleischten Händen
Der Fackel düsterrote Glut,
In ihren Wangen fließt kein Blut;
Und wo die Haare lieblich flattern,
Um Menschenstirnen freundlich wehn,
Da sieht man Schlangen hier und Nattern
Die giftgeschwollnen Bäuche blähn.

Und schauerlich gedreht im Kreise
Beginnen sie des Hymnus Weise,
Der durch das Herz zerreißend dringt,
Die Bande um den Frevler schlingt.
Besinnungsraubend, herzbetörend
Schallt der Erinnyen Gesang,

Er schallt, des Hörers Mark verzehrend,
Und duldet nicht der Leier Klang:

»Wohl dem, der frei von Schuld und Fehle
Bewahrt die kindlich reine Seele!
Ihm dürfen wir nicht rächend nahn,
Er wandelt frei des Lebens Bahn.
Doch wehe, wehe, wer verstohlen
Des Mordes schwere Tat vollbracht!
Wir heften uns an seine Sohlen,
Das furchtbare Geschlecht der Nacht.

Und glaubt er fliehend zu entspringen,
Geflügelt sind wir da, die Schlingen
Ihm werfend um den flüchtgen Fuß,
Daß er zu Boden fallen muß.
So jagen wir ihn, ohn Ermatten,
Versöhnen kann uns keine Reu,
Ihn fort und fort bis zu den Schatten,
Und geben ihn auch dort nicht frei.«

So singend tanzen sie den Reigen,
Und Stille wie des Todes Schweigen
Liegt überm ganzen Hause schwer,
Als ob die Gottheit nahe wär.
Und feierlich, nach alter Sitte,
Umwandelnd des Theaters Rund,

Mit langsam abgemeßnem Schritte
Verschwinden sie im Hintergrund.

Und zwischen Trug und Wahrheit schwebet
Noch zweifelnd jede Brust und bebet,
Und huldiget der furchtbarn Macht,
Die richtend im Verborgnen wacht,
Die unerforschlich, unergründet
Des Schicksals dunkeln Knäuel flicht,
Dem tiefen Herzen sich verkündet,
Doch fliehet vor dem Sonnenlicht.

Da hört man auf den höchsten Stufen
Auf einmal eine Stimme rufen:
»Sieh da! Sieh da, Timotheus,
Die Kraniche des Ibykus!« –
Und finster plötzlich wird der Himmel,
Und über dem Theater hin
Sieht man, in schwärzlichtem Gewimmel,
Ein Kranichheer vorüberziehn.

»Des Ibykus!« – Der teure Name
Rührt jede Brust mit neuem Grame,
Und wie im Meere Well auf Well,
So läuft's von Mund zu Munde schnell:
»Des Ibykus, den wir beweinen,
Den eine Mörderhand erschlug!

Was ist's mit dem? Was kann er meinen?
Was ist's mit diesem Kranichzug?«

Und lauter immer wird die Frage,
Und ahnend fliegt's mit Blitzesschlage
Durch alle Herzen: »Gebet acht,
Das ist der Eumeniden Macht!
Der fromme Dichter wird gerochen,
Der Mörder bietet selbst sich dar!
Ergreift ihn, der das Wort gesprochen,
Und ihn, an den's gerichtet war!«

Doch dem war kaum das Wort entfahren,
Möcht er's im Busen gern bewahren;
Umsonst! der schreckenbleiche Mund
Macht schnell die Schuldbewußten kund.
Man reißt und schleppt sie vor den Richter,
Die Szene wird zum Tribunal,
Und es gestehn die Bösewichter,
Getroffen von der Rache Strahl.

Die Bürgschaft

Zu Dionys, dem Tyrannen, schlich
Möros, den Dolch im Gewande;
Ihn schlugen die Häscher in Bande.
»Was wolltest du mit dem Dolche, sprich!«
Entgegnet ihm finster der Wüterich.
»Die Stadt vom Tyrannen befreien!«
»Das sollst du am Kreuze bereuen.«

»Ich bin«, spricht jener, »zu sterben bereit
Und bitte nicht um mein Leben;
Doch willst du Gnade mir geben,
Ich flehe dich um drei Tage Zeit,
Bis ich die Schwester dem Gatten gefreit;
Ich lasse den Freund dir als Bürgen –
Ihn magst du, entrinn ich, erwürgen.«

Da lächelt der König mit arger List
Und spricht nach kurzem Bedenken:
»Drei Tage will ich dir schenken.
Doch wisse: wenn sie verstrichen, die Frist,
Eh du zurück mir gegeben bist,
So muß er statt deiner erblassen,
Doch dir ist die Strafe erlassen.«

Und er kommt zum Freunde: »Der König
gebeut,
Daß ich am Kreuz mit dem Leben
Bezahle das frevelnde Streben;
Doch will er mir gönnen drei Tage Zeit,
Bis ich die Schwester dem Gatten gefreit.
So bleib du dem König zum Pfande,
Bis ich komme, zu lösen die Bande.«

Und schweigend umarmt ihn der treue Freund
Und liefert sich aus dem Tyrannen,
Der andere ziehet von dannen.
Und ehe das dritte Morgenrot scheint,
Hat er schnell mit dem Gatten die Schwester
vereint,
Eilt heim mit sorgender Seele,
Damit er die Frist nicht verfehle.

Da gießt unendlicher Regen herab,
Von den Bergen stürzen die Quellen,
Und die Bäche, die Ströme schwellen.
Und er kommt ans Ufer mit wanderndem
Stab –
Da reißet die Brücke der Strudel hinab,
Und donnernd sprengen die Wogen
Des Gewölbes krachenden Bogen.

Und trostlos irrt er an Ufers Rand:
Wie weit er auch spähet und blicket
Und die Stimme, die rufende, schicket –
Da stößet kein Nachen vom sichern Strand,
Der ihn setze an das gewünschte Land,
Kein Schiffer lenket die Fähre,
Und der wilde Strom wird zum Meere.

Da sinkt er ans Ufer und weint und fleht,
Die Hände zum Zeus erhoben:
»O hemme des Stromes Toben!
Es eilen die Stunden, im Mittag steht
Die Sonne, und wenn sie niedergeht
Und ich kann die Stadt nicht erreichen,
So muß der Freund mir erbleichen.«

Doch wachsend erneut sich des Stromes Wut,
Und Welle auf Welle zerrinnet.
Und Stunde an Stunde entrinnet.
Da treibt ihn die Angst, da faßt er sich Mut
Und wirft sich hinein in die brausende Flut
Und teilt mit gewaltigen Armen
Den Strom, und ein Gott hat Erbarmen.

Und gewinnt das Ufer und eilet fort
Und danket dem rettenden Gotte;
Da stürzet die raubende Rotte

Hervor aus des Waldes nächtlichem Ort,
Den Pfad ihm sperrend, und schnaubet Mord
Und hemmet des Wanderers Eile
Mit drohend geschwungener Keule.

»Was wollt ihr?« ruft er für Schrecken bleich,
»Ich habe nichts als mein Leben,
Das muß ich dem Könige geben!«
Und entreißt die Keule dem nächsten gleich:
»Um des Freundes willen erbarmet euch!«
Und drei, mit gewaltigen Streichen,
Erlegt er, die andern entweichen.

Und die Sonne versendet glühenden Brand,
Und von der unendlichen Mühe
Ermattet sinken die Kniee:
»O hast du mich gnädig aus Räubershand,
Aus dem Strom mich gerettet ans heilige Land,
Und soll hier verschmachtend verderben,
Und der Freund mir, der liebende, sterben!«

Und horch! da sprudelt es silberhell
Ganz nahe, wie rieselndes Rauschen,
Und stille hält er, zu lauschen;
Und sieh, aus dem Felsen, geschwätzig, schnell,
Springt murmelnd hervor ein lebendiger Quell,

Und freudig bückt er sich nieder
Und erfrischet die brennenden Glieder.

Und die Sonne blickt durch der Zweige Grün
Und malt auf den glänzenden Matten
Der Bäume gigantische Schatten;
Und zwei Wanderer sieht er die Straße ziehn,
Will eilenden Laufes vorüberfliehn,
Da hört er die Worte sie sagen:
»Jetzt wird er ans Kreuz geschlagen.«

Und die Angst beflügelt den eilenden Fuß,
Ihn jagen der Sorge Qualen;
Da schimmern in Abendrots Strahlen
Von ferne die Zinnen von Syrakus,
Und entgegen kommt ihm Philostratus,
Des Hauses redlicher Hüter,
Der erkennet entsetzt den Gebieter:

»Zurück! du rettest den Freund nicht mehr,
So rette das eigene Leben!
Den Tod erleidet er eben.
Von Stunde zu Stunde gewartet' er
Mit hoffender Seele der Wiederkehr,
Ihm konnte den mutigen Glauben
Der Hohn des Tyrannen nicht rauben.«

»Und ist es zu spät, und kann ich ihm nicht
Ein Retter willkommen erscheinen,
So soll mich der Tod ihm vereinen.
Des rühme der blutge Tyrann sich nicht,
Daß der Freund dem Freunde gebrochen die
Pflicht –
Er schlachte der Opfer zweie
Und glaube an Liebe und Treue.«

Und die Sonne geht unter, da steht er am Tor
Und sieht das Kreuz schon erhöhet,
Das die Menge gaffend umstehet;
An dem Seile schon zieht man den Freund empor,
Da zertrennt er gewaltig den dichten Chor:
»Mich, Henker!« ruft er, »erwürget!
Da bin ich, für den er gebürget.«

Und Erstaunen ergreifet das Volk umher,
In den Armen liegen sich beide
Und weinen für Schmerzen und Freude.
Da sieht man kein Auge tränenleer,
Und zum Könige bringt man die Wundermär;
Der fühlt ein menschliches Rühren,
Läßt schnell vor den Thron sie führen.

Und blicket sie lange verwundert an;
Drauf spricht er: »Es ist euch gelungen,

Ihr habt das Herz mir bezwungen,
Und die Treue, sie ist doch kein leerer Wahn –
So nehmet auch mich zum Genossen an.
Ich sei, gewährt mir die Bitte,
In eurem Bunde der Dritte.«

Der Taucher

»Wer wagt es, Rittersmann oder Knapp,
Zu tauchen in diesen Schlund?
Einen goldnen Becher werf ich hinab,
Verschlungen schon hat ihn der schwarze
Mund.
Wer mir den Becher kann wieder zeigen,
Er mag ihn behalten, er ist sein eigen.«

Der König spricht es und wirft von der Höh
Der Klippe, die schroff und steil
Hinaushängt in die unendliche See,
Den Becher in der Charybde Geheul.
»Wer ist der Beherzte, ich frage wieder,
Zu tauchen in diese Tiefe nieder?«

Und die Ritter, die Knappen um ihn her
Vernehmen's und schweigen still,
Sehen hinab in das wilde Meer,
Und keiner den Becher gewinnen will.
Und der König zum drittenmal wieder fraget:
»Ist keiner, der sich hinunter waget?«

Doch alles noch stumm bleibt wie zuvor,
Und ein Edelknecht, sanft und keck,
Tritt aus der Knappen zagendem Chor,

Und den Gürtel wirft er, den Mantel weg,
Und alle die Männer umher und Frauen
Auf den herrlichen Jüngling verwundert schauen.

Und wie er tritt an des Felsen Hang
Und blickt in den Schlund hinab,
Die Wasser, die sie hinunterschlang,
Die Charybde jetzt brüllend wiedergab,
Und wie mit des fernen Donners Getose
Entstürzen sie schäumend dem finstern Schoße.

Und es wallet und siedet und brauset und zischt,
Wie wenn Wasser mit Feuer sich mengt,
Bis zum Himmel spritzet der dampfende Gischt,
Und Flut auf Flut sich ohn Ende drängt,
Und will sich nimmer erschöpfen und leeren,
Als wollte das Meer noch ein Meer gebären.

Doch endlich, da legt sich die wilde Gewalt,
Und schwarz aus dem weißen Schaum
Klafft hinunter ein gähnender Spalt,
Grundlos, als ging's in den Höllenraum,
Und reißend sieht man die brandenden Wogen
Hinab in den strudelnden Trichter gezogen.

Jetzt schnell, eh die Brandung wiederkehrt,
Der Jüngling sich Gott befiehlt,

Und – ein Schrei des Entsetzens wird rings gehört,
Und schon hat ihn der Wirbel hinweggespült,
Und geheimnisvoll über dem kühnen Schwimmer
Schließt sich der Rachen, er zeigt sich nimmer.

Und stille wird's über dem Wasserschlund,
In der Tiefe nur brauset es hohl,
Und bebend hört man von Mund zu Mund:
»Hochherziger Jüngling, fahre wohl!«
Und hohler und hohler hört man's heulen,
Und es harrt noch mit bangem, mit schrecklichem
Weilen.

Und wärfst du die Krone selber hinein
Und sprächst: wer mir bringet die Kron,
Er soll sie tragen und König sein –
Mich gelüstete nicht nach dem teuren Lohn.
Was die heulende Tiefe da unten verhehle,
Das erzählt keine lebende glückliche Seele.

Wohl manches Fahrzeug, vom Strudel gefaßt,
Schoß gäh in die Tiefe hinab,
Doch zerschmettert nur rangen sich Kiel und
Mast
Hervor aus dem alles verschlingenden Grab.–
Und heller und heller, wie Sturmes Sausen,
Hört man's näher und immer näher brausen.

Und es wallet und siedet und brauset und zischt,
Wie wenn Wasser mit Feuer sich mengt,
Bis zum Himmel spritzet der dampfende Gischt,
Und Well auf Well sich ohn Ende drängt,
Und wie mit des fernen Donners Getose
Entstürzt es brüllend dem finstern Schoße.

Und sieh! aus dem finster flutenden Schoß
Da hebet sich's schwanenweiß,
Und ein Arm und ein glänzender Nacken wird
bloß,
Und es rudert mit Kraft und mit emsigem Fleiß,
Und er ist's, und hoch in seiner Linken
Schwingt er den Becher mit freudigem Winken.

Und atmete lang und atmete tief
Und begrüßte das himmlische Licht.
Mit Frohlocken es einer dem andern rief:
»Er lebt! Er ist da! Es behielt ihn nicht!
Aus dem Grab, aus der strudelnden Wasserhöhle
Hat der Brave gerettet die lebende Seele.«

Und er kommt, es umringt ihn die jubelnde
Schar,
Zu des Königs Füßen er sinkt,
Den Becher reicht er ihm knieend dar,
Und der König der lieblichen Tochter winkt,

Die füllt ihn mit funkelndem Wein bis zum Rande,
Und der Jüngling sich also zum König wandte:

»Lang lebe der König! Es freue sich,
Wer da atmet im rosigten Licht!
Da unten aber ist's fürchterlich,
Und der Mensch versuche die Götter nicht
Und begehre nimmer und nimmer zu schauen,
Was sie gnädig bedecken mit Nacht und Grauen.

Es riß mich hinunter blitzesschnell –
Da stürzt mir aus felsigtem Schacht
Wildflutend entgegen ein reißender Quell:
Mich packte des Doppelstroms wütende Macht,
Und wie einen Kreisel mit schwindelndem
Drehen
Trieb mich's um, ich konnte nicht widerstehen.

Da zeigte mir Gott, zu dem ich rief
In der höchsten, schrecklichen Not,
Aus der Tiefe ragend ein Felsenriff,
Das erfaßt ich behend und entrann dem Tod –
Und da hing auch der Becher an spitzen Korallen,
Sonst wär er ins Bodenlose gefallen.

Denn unter mir lag's noch, bergetief,
In purpurner Finsternis da,

Und ob's hier dem Ohre gleich ewig schlief,
Das Auge mit Schaudern hinuntersah,
Wie's von Salamandern und Molchen und Drachen
Sich regt' in dem furchtbaren Höllenrachen.

Schwarz wimmelten da, in grausem Gemisch,
Zu scheußlichen Klumpen geballt,
Der stachligte Roche, der Klippenfisch,
Des Hammers greuliche Ungestalt,
Und dräuend wies mir die grimmigen Zähne
Der entsetzliche Hai, des Meeres Hyäne.

Und da hing ich und war's mir mit Grausen
bewußt,
Von der menschlichen Hilfe so weit,
Unter Larven die einzige fühlende Brust,
Allein in der gräßlichen Einsamkeit,
Tief unter dem Schall der menschlichen Rede
Bei den Ungeheuern der traurigen Öde.

Und schaudernd dacht ich's, da kroch's heran,
Regte hundert Gelenke zugleich,
Will schnappen nach mir – in des Schreckens
Wahn
Laß ich los der Koralle umklammerten Zweig;
Gleich faßt mich der Strudel mit rasendem Toben,
Doch es war mir zum Heil, er riß mich nach oben.«

Der König darob sich verwundert schier
Und spricht: »Der Becher ist dein,
Und diesen Ring noch bestimm ich dir,
Geschmückt mit dem köstlichsten Edelgestein,
Versuchst du's noch einmal und bringst mir
Kunde,
Was du sahst auf des Meers tiefunterstem
Grunde.«

Das hörte die Tochter mit weichem Gefühl,
Und mit schmeichelndem Munde sie fleht:
»Laßt, Vater, genug sein das grausame Spiel!
Er hat Euch bestanden, was keiner besteht,
Und könnt Ihr des Herzens Gelüsten nicht
zähmen,
So mögen die Ritter den Knappen beschämen.«

Drauf der König greift nach dem Becher schnell,
In den Strudel ihn schleudert hinein:
»Und schaffst du den Becher mir wieder zur Stell,
So sollst du der trefflichste Ritter mir sein
Und sollst sie als Ehgemahl heut noch umarmen,
Die jetzt für dich bittet mit zartem Erbarmen.«

Da ergreift's ihm die Seele mit Himmelsgewalt,
Und es blitzt aus den Augen ihm kühn,
Und er siehet erröten die schöne Gestalt

Und sieht sie erbleichen und sinken hin –
Da treibt's ihn, den köstlichen Preis zu erwerben,
Und stürzt hinunter auf Leben und Sterben.

Wohl hört man die Brandung, wohl kehrt sie
zurück,
Sie verkündigt der donnernde Schall –
Da bückt sich's hinunter mit liebendem Blick:
Es kommen, es kommen die Wasser all,
Sie rauschen herauf, sie rauschen nieder,
Den Jüngling bringt keines wieder.

Die Götter Griechenlands

Da ihr noch die schöne Welt regieret,
An der Freude leichtem Gängelband
Selige Geschlechter noch geführet,
Schöne Wesen aus dem Fabelland –
Ach, da euer Wonnedienst noch glänzte,
Wie ganz anders, anders war es da!
Da man deine Tempel noch bekränzte,
Venus Amathusia!

Da der Dichtung zauberische Hülle
Sich noch lieblich um die Wahrheit wand,
Durch die Schöpfung floß da Lebensfülle,
Und was nie empfinden wird, empfand.
An der Liebe Busen sie zu drücken,
Gab man höhern Adel der Natur,
Alles wies den eingeweihten Blicken,
Alles eines Gottes Spur.

Wo jetzt nur, wie unsre Weisen sagen,
Seelenlos ein Feuerball sich dreht,
Lenkte damals seinen goldnen Wagen
Helios in stiller Majestät.
Diese Höhen füllten Oreaden,
Eine Dryas lebt' in jenem Baum,

Aus den Urnen lieblicher Najaden
Sprang der Ströme Silberschaum.

Jener Lorbeer wand sich einst um Hilfe,
Tantals Tochter schweigt in diesem Stein,
Syrinx' Klage tönt' aus jenem Schilfe,
Philomelas Schmerz aus diesem Hain.
Jener Bach empfing Demeters Zähre,
Die sie um Persephonen geweint,
Und von diesem Hügel rief Cythere,
Ach umsonst! dem schönen Freund.

Zu Deukalions Geschlechte stiegen
Damals noch die Himmlischen herab,
Pyrrhas schöne Töchter zu besiegen,
Nahm der Leto Sohn den Hirtenstab.
Zwischen Menschen, Göttern und Heroen
Knüpfte Amor einen schönen Bund,
Sterbliche mit Göttern und Heroen
Huldigten in Amathunt.

Finstrer Ernst und trauriges Entsagen
War aus eurem heitern Dienst verbannt,
Glücklich sollten alle Herzen schlagen,
Denn euch war der Glückliche verwandt.
Damals war nichts heilig als das Schöne,
Keiner Freude schämte sich der Gott,

Wo die keusch errötende Kamöne,
Wo die Grazie gebot.

Eure Tempel lachten gleich Palästen,
Euch verherrlichte das Heldenspiel
An des Isthmus kronenreichen Festen,
Und die Wagen donnerten zum Ziel.
Schön geschlungne seelenvolle Tänze
Kreisten um den prangenden Altar,
Eure Schläfe schmückten Siegeskränze,
Kronen euer duftend Haar.

Das Evoe muntrer Thyrsusschwinger
Und der Panther prächtiges Gespann
Meldeten den großen Freudebringer,
Faun und Satyr taumeln ihm voran,
Um ihn springen rasende Mänaden,
Ihre Tänze loben seinen Wein,
Und des Wirtes braune Wangen laden
Lustig zu dem Becher ein.

Damals trat kein gräßliches Gerippe
Vor das Bett des Sterbenden. Ein Kuß
Nahm das letzte Leben von der Lippe,
Seine Fackel senkt' ein Genius.
Selbst des Orkus strenge Richterwaage
Hielt der Enkel einer Sterblichen,

Und des Thrakers seelenvolle Klage
Rühret die Erinnyen.

Seine Freuden traf der frohe Schatten
In Elysiens Hainen wieder an,
Treue Liebe fand den treuen Gatten
Und der Wagenlenker seine Bahn;
Linus' Spiel tönt die gewohnten Lieder,
In Alkestens Arme sinkt Admet,
Seinen Freund erkennt Orestes wieder,
Seine Pfeile Philoktet.

Höhre Preise stärkten da den Ringer
Auf der Tugend arbeitvoller Bahn,
Großer Taten herrliche Vollbringer
Klimmten zu den Seligen hinan.
Vor dem Wiederforderer der Toten
Neigte sich der Götter stille Schar,
Durch die Fluten leuchtet dem Piloten
Vom Olymp das Zwillingspaar.

Schöne Welt, wo bist du? Kehre wieder,
Holdes Blütenalter der Natur!
Ach, nur in dem Feenland der Lieder
Lebt noch deine fabelhafte Spur.
Ausgestorben trauert das Gefilde,
Keine Gottheit zeigt sich meinem Blick,

Ach, von jenem lebenwarmen Bilde
Blieb der Schatten nur zurück.

Alle jene Blüten sind gefallen
Von des Nordes schauerlichem Wehn,
Einen zu bereichern unter allen,
Mußte diese Götterwelt vergehn.
Traurig such ich an dem Sternenbogen,
Dich, Selene, find ich dort nicht mehr;
Durch die Wälder ruf ich, durch die Wogen,
Ach! sie widerhallen leer!

Unbewußt der Freuden, die sie schenket,
Nie entzückt von ihrer Herrlichkeit,
Nie gewahr des Geistes, der sie lenket,
Selger nie durch meine Seligkeit,
Fühllos selbst für ihres Künstlers Ehre,
Gleich dem toten Schlag der Pendeluhr,
Dient sie knechtisch dem Gesetz der Schwere,
Die entgötterte Natur.

Morgen wieder neu sich zu entbinden,
Wühlt sie heute sich ihr eignes Grab,
Und an ewig gleicher Spindel winden
Sich von selbst die Monde auf und ab.
Müßig kehrten zu dem Dichterlande
Heim die Götter, unnütz einer Welt,

Die, entwachsen ihrem Gängelbande,
Sich durch eignes Schweben hält.

Ja, sie kehrten heim, und alles Schöne,
Alles Hohe nahmen sie mit fort,
Alle Farben, alle Lebenstöne,
Und uns blieb nur das entseelte Wort.
Aus der Zeitflut weggerissen, schweben
Sie gerettet auf des Pindus Höhn:
Was unsterblich im Gesang soll leben,
Muß im Leben untergehn.

Die Teilung der Erde

Nehmt hin die Welt! rief Zeus von seinen Höhen
Den Menschen zu. Nehmt, sie soll euer sein!
Euch schenk ich sie zum Erb und ewgen Lehen –
Doch teilt euch brüderlich darein!

Da eilt, was Hände hat, sich einzurichten,
Es regte sich geschäftig jung und alt.
Der Ackermann griff nach des Feldes Früchten,
Der Junker birschte durch den Wald.

Der Kaufmann nimmt, was seine Speicher fassen,
Der Abt wählt sich den edeln Firnewein,
Der König sperrt die Brücken und die Straßen
Und sprach: Der Zehente ist mein.

Ganz spät, nachdem die Teilung längst geschehen,
Naht der Poet, er kam aus weiter Fern –
Ach, da war überall nichts mehr zu sehen,
Und alles hatte seinen Herrn!

Weh mir! so soll denn ich allein von allen
Vergessen sein, ich, dein getreuster Sohn?
So ließ er laut der Klage Ruf erschallen
Und warf sich hin vor Jovis Thron.

Wenn du im Land der Träume dich verweilet,
  Versetzt der Gott, so hadre nicht mit mir.
Wo warst du denn, als man die Welt geteilet?
  Ich war, sprach der Poet, bei dir.

Mein Auge hing an deinem Angesichte,
  An deines Himmels Harmonie mein Ohr –
Verzeih dem Geiste, der, von deinem Lichte
  Berauscht, das Irdische verlor!

Was tun? spricht Zeus; die Welt ist weggegeben,
  Der Herbst, die Jagd, der Markt ist nicht mehr
    mein.
Willst du in meinem Himmel mit mir leben –
  So oft du kommst, er soll dir offen sein.

Hoffnung

Es reden und träumen die Menschen viel
  Von bessern künftigen Tagen,
Nach einem glücklichen goldenen Ziel
  Sieht man sie rennen und jagen;
Die Welt wird alt und wird wieder jung,
Doch der Mensch hofft immer Verbesserung.

Die Hoffnung führt ihn ins Leben ein,
  Sie umflattert den fröhlichen Knaben,
Den Jüngling locket ihr Zauberschein,
  Sie wird mit dem Greis nicht begraben;
Denn beschließt er im Grabe den müden Lauf,
Noch am Grabe pflanzt er – die Hoffnung auf.

Es ist kein leerer schmeichelnder Wahn,
  Erzeugt im Gehirne des Toren,
Im Herzen kündet es laut sich an:
  Zu was Besserm sind wir geboren.
Und was die innere Stimme spricht,
Das täuscht die hoffende Seele nicht.

Licht und Wärme

Der beßre Mensch tritt in die Welt
  Mit fröhlichem Vertrauen,
Er glaubt, was ihm die Seele schwellt,
  Auch außer sich zu schauen,
Und weiht, von edlem Eifer warm,
Der Wahrheit seinen treuen Arm.

Doch alles ist so klein, so eng!
  Hat er es erst erfahren,
Da sucht er in dem Weltgedräng
  Sich selbst nur zu bewahren;
Das Herz, in kalter stolzer Ruh,
Schließt endlich sich der Liebe zu.

Sie geben, ach! nicht immer Glut,
  Der Wahrheit helle Strahlen.
Wohl denen, die des Wissens Gut
  Nicht mit dem Herzen zahlen.
Drum paart, zu eurem schönsten Glück,
Mit Schwärmers Ernst des Weltmanns Blick.

Breite und Tiefe

Es glänzen viele in der Welt,
Sie wissen von allem zu sagen,
Und wo was reizet und wo was gefällt,
Man kann es bei ihnen erfragen;
Man dächte, hört man sie reden laut,
Sie hätten wirklich erobert die Braut.

Doch gehn sie aus der Welt ganz still,
Ihr Leben war verloren:
Wer etwas Treffliches leisten will,
Hätt gern was Großes geboren,
Der sammle still und unerschlafft
Im kleinsten Punkte die höchste Kraft.

Der Stamm erhebt sich in die Luft
Mit üppig prangenden Zweigen,
Die Blätter glänzen und hauchen Duft,
Doch können sie Früchte nicht zeugen;
Der Kern allein im schmalen Raum
Verbirgt den Stolz des Waldes, den Baum.

Sprüche des Konfuzius

I

Dreifach ist der Schritt der Zeit:
Zögernd kommt die Zukunft hergezogen,
Pfeilschnell ist das Jetzt entflogen,
Ewig still steht die Vergangenheit.

Keine Ungeduld beflügelt
Ihren Schritt, wenn sie verweilt.
Keine Furcht, kein Zweifeln zügelt
Ihren Lauf, wenn sie enteilt.
Keine Reu, kein Zaubersegen
Kann die stehende bewegen.

Möchtest du beglückt und weise
Endigen des Lebens Reise,
Nimm die zögernde zum Rat,
Nicht zum Werkzeug deiner Tat.
Wähle nicht die fliehende zum Freund,
Nicht die bleibende zum Feind.

2

Dreifach ist des Raumes Maß:
Rastlos fort ohn Unterlaß
Strebt die *Länge*; fort ins Weite
Endlos gießet sich die *Breite*;
Grundlos senkt die *Tiefe* sich.

Dir ein Bild sind sie gegeben:
Rastlos vorwärts mußt du streben,
Nie ermüdet stille stehn,
Willst du die Vollendung sehn;
Mußt ins Breite dich entfalten,
Soll sich dir die Welt gestalten;
In die Tiefe mußt du steigen,
Soll sich dir das Wesen zeigen.

Nur Beharrung führt zum Ziel,
Nur die Fülle führt zur Klarheit,
Und im Abgrund wohnt die Wahrheit.

Die Gunst des Augenblicks

Und so finden wir uns wieder
  In dem heitern bunten Reihn,
Und es soll der Kranz der Lieder
  Frisch und grün geflochten sein.

Aber wem der Götter bringen
  Wir des Liedes ersten Zoll?
Ihn vor allen laßt uns singen,
  Der die Freude schaffen soll!

Denn was frommt es, daß mit Leben
  Ceres den Altar geschmückt?
Daß den Purpursaft der Reben
  Bacchus in die Schale drückt?

Zückt vom Himmel nicht der Funken,
  Der den Herd in Flammen setzt,
Ist der Geist nicht feuertrunken
  Und das Herz bleibt unergetzt.

Aus den Wolken muß es fallen,
  Aus der Götter Schoß, das Glück,
Und der mächtigste von allen
  Herrschern ist der Augenblick.

Von dem allerersten Werden
  Der unendlichen Natur –
Alles Göttliche auf Erden
  Ist ein Lichtgedanke nur.

Langsam in dem Lauf der Horen
  Füget sich der Stein zum Stein,
Schnell, wie es der Geist geboren,
  Will das Werk empfunden sein.

Wie im hellen Sonnenblicke
  Sich ein Farbenteppich webt,
Wie auf ihrer bunten Brücke
  Iris durch den Himmel schwebt –

So ist jede schöne Gabe
  Flüchtig wie des Blitzes Schein,
Schnell in ihrem düstern Grabe
  Schließt die Nacht sie wieder ein.

Sängers Abschied

Die Muse schweigt. Mit jungfräulichen Wangen,
Erröten im verschämten Angesicht,
Tritt sie vor dich, ihr Urteil zu empfangen;
Sie achtet es, doch fürchtet sie es nicht.
Des Guten Beifall wünscht sie zu erlangen,
Den Wahrheit rührt, den Flimmer nicht besticht.
Nur wem ein Herz empfänglich für das Schöne
Im Busen schlägt, ist wert, daß er sie kröne.

Nicht länger wollen diese Lieder leben,
Als bis ihr Klang ein fühlend Herz erfreut,
Mit schönern Phantasien es umgeben,
Zu höheren Gefühlen es geweiht;
Zur fernen Nachwelt wollen sie nicht schweben,
Sie tönten, sie verhallen in der Zeit.
Des Augenblicks Lust hat sie geboren,
Sie fliehen fort im leichten Tanz der Horen.

Der Lenz erwacht, auf den erwärmten Triften
Schießt frohes Leben jugendlich hervor,
Die Staude würzt die Luft mit Nektardüften,
Den Himmel füllt ein muntrer Sängerchor,
Und jung und alt ergeht sich in den Lüften
Und freuet sich und schwelgt mit Aug und Ohr.
Der Lenz entflieht! Die Blume schießt in Samen,
Und keine bleibt von allen, welche kamen.

Alphabetisches Verzeichnis der Überschriften und Anfangszeilen der Gedichte

Die Gedichttitel sind *kursiv* gesetzt,
die Anfangszeilen gerade.

Bitte beachten Sie
auch die folgenden Seitem

Friedrich Schiller im Diogenes Verlag

»Kein Deutscher ist wie er so ganz Bewegung. Seine Gedanken jagt er zu einem Ziel, seine Betrachtung zu einem Äußersten, Höchsten, seine Gestalten zu einem großen Entschluß, einem großen Abenteuer oder einem großen Untergang. Sein Leben und sein Tod gleicht dem des Fackelläufers, der in sich verzehrt, aber mit brennendem Licht ans Ziel kam, sterbend hinstürzte und so stürzend, so sterbend ein ewiges Sinnbild blieb. Etwas treibt die Deutschen immer wieder zu ihm zurück …« *Hugo von Hofmannsthal*

»Schiller wächst, indem man sich mit ihm beschäftigt, vom Fernen ins Nahe.« *Friedrich Dürrenmatt*

»Freiheit, Frauen, Freundschaft: Friedrich Schiller steht der Gegenwart näher, als viele glauben.«
Volker Hage/Der Spiegel, Hamburg

Die schönsten Gedichte
Ausgewählt von Christian Strich

Denken mit Friedrich Schiller
Eine Auswahl aus den Briefen
und dem Prosawerk
Herausgegeben und mit einem Vorwort
von Wolfgang Kraus
(vormals: *Unsterbliche Hoffnung*)

Außerdem erschienen:

Friedrich Schiller
Sein Leben erzählt von Otto A. Böhmer

Friedrich Schiller

Sein Leben erzählt von
Otto A. Böhmer

Fragt man nach den bekanntesten deutschen Dichtern, dann nennt man ihn gleich nach Goethe; daß Friedrich Schiller in der deutschen Literaturgeschichte so weit nach vorn kam, war indes lange nicht abzusehen. Schiller mußte es zunächst so vorkommen, als werde er vom Schicksal stiefmütterlich behandelt. Wie er gegen sein Los aufbegehrte und entgegen allen Schwierigkeiten doch zu Weltruhm kam, das erzählt Otto A. Böhmer anhand vieler Fakten, Zitate und Anekdoten.

»Schillers erkenntnisleitende Idee vom Tätigsein im Bewußtsein der Freiheit geht vom Individuum aus, macht dort aber nicht länger Halt als unbedingt nötig. Was zählt und gefordert wird, ist ein ›höheres Selbst‹, das seinen Beitrag leistet zum Fortschritt der Menschheit, an den Schiller, der die Zweifel wohl kannte, glauben mußte – das war er sich schuldig. Auch wenn wir von einem ›höheren Selbst‹ heute nicht mehr so recht sprechen mögen, so dürfen wir Schiller doch noch immer folgen, und sei es nur, um ›tätig zu sein‹ wie er und das Beste aus unseren Möglichkeiten zu machen.«
Otto A. Böhmer

»Ein unverwechselbarer Tonfall. Böhmer schreibt äußerst einfühlsam, kenntnisreich und unterhaltend.«
Carlos Kleiber

»Schiller wächst, indem man sich mit ihm beschäftigt, vom Fernen ins Nahe.« *Friedrich Dürrenmatt*

Johann Wolfgang Goethe im Diogenes Verlag

»Goethe ist unerschöpflich. Er kann nicht klassifiziert werden, weder als Dichter noch als Naturforscher, noch als Künstler, noch als Schriftsteller, weder als Verwaltungsbeamter noch als Hofmann, noch als Politiker. Er war alles und noch mehr.« *Karl Jaspers*

»Goethe zum Beispiel hat in allen Formen und Gattungen der Poesie Kunstwerke produziert.«
Georg Wilhelm Friedrich Hegel

Faust
Der Tragödie erster und zweiter Teil
Herausgegeben von
Ernst Merian-Genast
Mit einem Nachwort von
Thomas Mann

Die Leiden des jungen Werther
Roman. Mit einem Kommentar
des Autors aus dem Jahre 1814

Die Wahlverwandtschaften
Roman. Mit einem Nachwort von
Reinhard Baumgart

Die schönsten Gedichte
Ausgewählt von Franz Sutter

Denken mit
Johann Wolfgang Goethe
Herausgegeben und mit
einem Vorwort von
Ernst Freiherr von Feuchtersleben
Mit einer Schlußbemerkung
von Hans Tabarelli
(vormals: *Gedanken und Aussprüche*)

Außerdem erschienen:

Johann Wolfgang Goethe
Sein Leben erzählt von
Otto A. Böhmer

Johann Wolfgang Goethe

Sein Leben erzählt von
Otto A. Böhmer

Er gilt als Deutschlands größter Dichter: Johann Wolfgang Goethe. Es ist unglaublich viel über ihn geschrieben worden, und je mehr man über ihn geschrieben hat, desto mehr hat sich der Mensch, um den es dabei geht, seinen Bewunderern und Kritikern entzogen. Es scheint, als ob er bis auf den heutigen Tag eine Rolle spielen wollte, die er auch in seinem Leben gerne gegeben hat: sich zu wandeln, zu häuten, unkenntlich zu werden.
In diesem Buch wird das Genie von seinen verschiedenen Seiten gezeigt. Kurz, prägnant und doch reich an Fakten, Zitaten und Anekdoten – Otto A. Böhmer faßt auf unterhaltsame Weise das Wesentliche dieses langen, produktiven Lebens zusammen.

»Ich war nahe dran, ihn griechisch anzureden; da ich aber merkte, daß er deutsch verstand, so erzählte ich ihm auf deutsch: daß die Pflaumen auf dem Wege zwischen Jena und Weimar sehr gut schmeckten. Ich hatte in so manchen langen Winternächten darüber nachgedacht, wie viel Erhabenes und Tiefsinniges ich dem Goethe sagen würde, wenn ich ihn mal sähe. Und als ich ihn endlich sah, sagte ich ihm, daß die sächsischen Pflaumen sehr gut schmeckten. Und Goethe lächelte.«
Heinrich Heine

»Goethe war ein Genie, das die Arbeit, den Fleiß nicht scheute und damit seine Kunst, die bis zum Ende von wahrer Welt-Neugier lebte, auf den höchsten Stand zu erheben vermochte.« *Otto A. Böhmer*

»Ein unverwechselbarer Tonfall. Böhmer schreibt äußerst einfühlsam, kenntnisreich und unterhaltend.«
Carlos Kleiber

Joseph von Eichendorff im Diogenes Verlag

Aus dem Leben eines Taugenichts

Novelle. Mit einem Nachwort von
Hermann Hesse

Sehnsucht nach der Ferne führt den jungen Sohn eines Müllers in die Welt hinaus, in der er sein Glück machen will. Mit der Geige streift er ziellos umher und läßt sich sein Schicksal von Zufällen und Abenteuern bestimmen – eine bunte und geheimnisvolle Kette von Verwechslungen und Liebeleien entspinnt sich.
Mit dem *Taugenichts* schuf Eichendorff ein idyllisches Manifest heiterer Lebensoffenheit und eine beinahe märchenhafte Novelle vom Einklang des Menschen mit sich selbst und der Natur.

»Ja, die Weisen, die da erklingen, die überall eingestreut sind, als sei es nicht weiter viel damit – es sind Kleinode der deutschen Lyrik, hochberühmt, unserm Ohr und Herzen alt und lieb vertraut.«
Thomas Mann

»Wir sind längst überzeugt, daß er zu den Klassikern gehört, und sehen ihn ganz ohne Lärm zu jener Unsterblichkeit eingegangen, an welcher keine Kritik mehr rütteln kann.« *Hermann Hesse*

Das Marmorbild

und andere Erzählungen. Mit einem
Nachwort von Otto A. Böhmer
(vormals: *Meistererzählungen*)

Joseph von Eichendorff gilt als der Inbegriff des romantischen Dichters. Seine Natur- und Landschaftsdichtungen haben nichts von ihrem Glanz eingebüßt, seine Lieder sind bis heute lebendiger Besitz breiter Volksschichten geblieben. Auch die in diesem Band enthaltenen Erzählungen *Die Zauberei im Herbste,*

Das Marmorbild, Auch ich war in Arkadien, Das Schloß Dürande, Die Entführung und *Die Glücksritter* haben nichts von ihrem Zauber verloren.

»Mit seinem Namen verbinden sich ein unerschütterlicher Lebensmut, sein Urvertrauen in die Natur und die Güte des Schöpfers. Daran lesend teilzunehmen, dürfte der stärkste Anreiz sein, der Eichendorff immer wieder neue Leser zuführt.«
Peter Horst Neumann / Die Zeit, Hamburg

»Es ist nichts als Traum, Musik, Gehenlassen, ziehender Posthornklang, Fernweh, Heimweh, Leuchtkugelfall auf nächtlichem Park, törichte Seligkeit, so daß einem die Ohren klingen und der Kopf summt vor poetischer Verzauberung und Verwirrung.«
Thomas Mann

»Eichendorffs Werk lebt unter uns und hat noch den alten süßen, reinen Klang, während so viele glänzende Größen von gestern und vorgestern so spurlos verweht sind.« *Hermann Hesse*